L'HOMME
D'ÉTUDE;
ÉPÎTRE
A M. L'ABBÉ G**.
PAR M. HOLLIER.

Hóc ſe amplectitur uno
Hoc amat, hoc laudat.
HOR. Saty. II. lib. I.

A PARIS,
De l'Imprimerie de CAILLEAU, rue Saint-
Severin, vis-à-vis de l'Égliſe.

Et ſe trouve chez les Marchands de Nouveautés.

M. DCC. LXXVIII.
Avec Approbation & Permiſſion.

L'HOMME D'ÉTUDE;
ÉPITRE
A M. L'ABBÉ G**.

AMATEUR fortuné des douceurs de l'étude,
Pourſuis, chéris toujours l'aimable ſolitude :
Elle fera ta joie & ta félicité.
Le ſtupide Plutus, dans ſon oiſiveté,
Enivré de plaiſirs, conduit par la molleſſe,
Penſe que dans ſon ſein habite la triſteſſe ;
Il regarde ſon ſort comme le ſeul heureux,
Et le travail d'eſprit comme un poids onéreux.
Pour toi, dans ton état, ſatisfait & tranquille,
Loin du bruit importun qui remplit une Ville,
Où le vice a toujours un pouvoir ſéduᶜteur,
Où l'air eſt affeᶜté, le langage impoſteur,
Où l'on voit en tout tems plus de fous que de ſages,
Où ſe maſquent enfin preſque tous les viſages :
Reſpirant à la fois un air pur & ſerein,
Entouré des tréſors du riche Dieu du vin,
Et des objets divers qu'offre un ſéjour champêtre,

Dans le Hameau riant où le Ciel t'a fait naître ;
L'étude occupe , charme , embellit tes loifirs.
C'eft-là le germe heureux de tes plus doux plaifirs.
Cet aimable penchant qui tellement t'entraîne
Que tu ne peux jamais la quitter qu'avec peine ;
Cette louable ardeur , ce vif empreffement
A rechercher toujours fon utile agrément ,
Et ces nobles tranfports où ton ame déploie
Les fentimens heureux de la plus vive joie ,
A ces lâches mortels font voir que tout efprit
Qui s'en nourrit fouvent, qui l'aime & la chérit,
Trouve dans fon travail la fource intariffable
Du plaifir le plus pur , du bonheur véritable ,
Où ne fe laffant point de puifer tous les jours ,
Il retrouve un attrait qui l'attire toujours.

C'eft un riant jardin rempli de fleurs brillantes
En éclat, en odeur , en forme différentes ,
Dont la variété lui préfente à choifir
Celle dont la couleur lui fait plus de plaifir,
Où dès qu'il en cueille une, un germe inépuifable
En fait renaître un autre encor plus agréable.

C'eft un tableau parfait où l'art induftrieux
A fu repréfenter mille objets curieux ,
Dont le vif coloris , l'image enchantereffe
Mélangés , affortis , combinés par l'adreffe ,
Par leur afpect magique enchaînant tous fes fens,
S'impriment dans fon ame en traits fi reffemblans,

Qu'heureufement trompé par l'art de la peinture,
L'efprit dans ce tableau penfe voir la Nature.

Trop heureux, cher Ami, le mortel qui, fuyant
Les nombreux tourbillons de ce monde bruyant,
Sait dans l'obfcurité d'une aimable retraite.
Rendre fouvent ainfi fon ame fatisfaite,
Qui fonde fon efprit, interroge fon cœur,
Et vôle dans les Cieux contempler fon Auteur!
Dégagé des liens de la vile matière,
Entouré des rayons d'une vive lumière,
Le beau, le merveilleux, le fublime, le grand,
Abforbe fon efprit, le frappe & le furprend.
Alors du fombre ennui qu'engendre la molleffe,
L'heure n'amène pas la pefante trifteffe:
De tous fes momens pleins le cours précipité,
S'échappe, coule, & fuit avec rapidité.
De l'airain frémiffant les fons qui retentiffent,
Du tems déjà paffé vainement l'avertiffent;
Le charme, le tranfport, le rend fourd à ce bruit,
Il eft tout étonné quand fe montre la nuit.
Ainfi vole un vaiffeau fur la plaine liquide;
De l'onde qui le porte il fuit le cours rapide;
On rame, le vent fiffle, & le combat des flots
Se mêle aux cris fréquens des divers matelots.
Ceux qui font renfermés dans ce château mobile,
Ne s'apperçoivent pas de cette marche habile,
Et converfant toujours, infenfibles au train,
De l'efpace franchi font furpris à la fin.

Du calme & de l'étude ainſi l'homme idolâtre,
Y voit de l'Univers le ſuperbe théâtre.
Tout à ſes yeux perçans, renaît , ſe reproduit;
Peuples, Rois, Terre , Cieux, tout l'amuſe & l'inſtruit.
Tranſporté tout-à-coup dans les différens âges ,
Par le ſecours heureux des Auteurs les plus ſages
Il lui ſemble écouter tous ces hommes fameux ,
Il parle , penſe , écrit , vit , converſe avec eux.
Tel qu'il fut de leur tems il contemple le monde,
Et les ſuit dans les Cieux , ſur la Terre & ſur l'onde ;
Il devient le témoin des grands évenemens ,
Et voit s'en élever les hardis monumens.
Des Peuples différens dont la fidelle Hiſtoire,
Retrace la grandeur , la ſageſſe & la gloire,
Il remarque les mœurs , les uſages , les loix ,
Leurs célebres héros & leurs vaillans exploits.

Là, quels charmans concerts ont frappé mes oreilles !
Quels portraits animés ! Que d'auguſtes merveilles !
La trompette à la main , ſur l'aîle des tranſports.
Sage Homère , c'eſt toi qui produit ces accords.
Quel ſpectacle ! à ta voix l'air , les Cieux obéiſſent,
La foudre gronde , éclate , & les vagues mugiſſent.
A mes pieds tout-à-coup s'entr'ouvrent les Enfers.
Les monſtres furieux s'échappent de leurs fers,
Et l'horrible diſcorde , entraînant le carnage,
Sur les humains tremblans court aſſouvir ſa rage.
Mortels , des paſſions contemplez les horreurs ,
Lorſqu'elles ont dans vous allumé leurs fureurs.

Ici je vous vois naître, Empires de la terre,
Sur les débris fumans de la cruelle guerre,
Tels que d'affreux torrens qui franchissent leurs bords,
Et des champs effrayés inondent les trésors,
Tels traînant tour-à-tour les fureurs meurtrieres,
Je vous vois envahir les Nations entières.
Mais quand du bruit de l'un tout tremble & retentit,
Un autre vient, l'abat, l'entraîne & l'engloutit.

O superbe Cité, mère de tant de Sages,
Athenes ! au milieu des troubles, des orages,
Quel éclat tu répands sur le vaste Univers !
Tu vois naître en ton sein tous les talens divers,
Et briller tour-à-tour, d'une ardeur empressée,
L'Athlète sur l'arêne, & le Sage au Lycée.
L'émulation vive animant les esprits,
Les chefs-d'œuvres sont nés, & la gloire est leur prix.
Platon, dans ses discours rend la vertu touchante.
Euripide attendrit, Sophocle trouble, enchante,
Et le grand Démosthène enflamme tous les cœurs,
Par les traits véhémens de ses foudres vainqueurs.
Mille héros fameux te rendent immortelle,
Et tu nous sers encore aujourd'hui de modèle.

Que ces fiers Conquérans, ces fameux Potentats,
Ivres de leurs exploits, tremblent pour leurs Etats!
Qu'ils cessent à leur char d'enchaîner la victoire !
Rome paroît. Voilà le terme de leur gloire.

A iv

De ſes ſuperbes murs un peuple de guerriers
Sort & vôle ſous Mars moiſſonner leurs lauriers.
Tout fuit ; rien ne réſiſte au courage indomptable
Qui tranſporte auſſitôt ce Peuple redoutable.
L'amour de la Patrie enflammant tous leurs cœurs,
De chaque combattant fait autant de vainqueurs ;
En vain les Rois ligués luttent contre l'orage,
Le monde enfin ſoumis tombe ſous l'eſclavage.

Que j'aime bien mieux voir ces fiers Enfans de Mars
Sur l'Univers conquis regner par les Beaux-Arts !
Là, Ciceron tonnant d'une voix foudroyante,
Fait tomber à ſes pieds la Diſcorde ſanglante.
L'heureux Virgile ici ſur des pipeaux légers
Chante Cerès, Bacchus, les innocens Bergers,
Et bientôt embouchant la trompette héroïque,
Célèbre des Romains le Fondateur antique.
Horace ſur la lyre enfantant ſes accords,
Cede à l'activité de ſes ardens tranſports,
Anime le Guerrier d'un courage intrépide,
Juſqu'au ſéjour des Dieux porte ſon vol rapide,
Et puis de la Satyre aiguiſant ſes eſprits,
Corrige de ſon tems les mœurs & les écrits.
Avec la même ardeur les crayons de l'Hiſtoire
Retracent des hauts faits la brillante mémoire.
Là, de fiers monumens s'élevent juſqu'aux Cieux ;
Ici le marbre dur paroît vivant aux yeux.
Dans ſes riches couleurs la riante peinture,
Raſſemble, anime tout, répete la Nature.

Je reconnois enfin dans tout ce que je vois,
Et les Maîtres des Arts, & les Maîtres des Rois.

Ainsi l'homme d'étude en parcourant l'Histoire
Des siécles les plus beaux voit revivre la gloire ;
Mais il ne trouve pas la seule antiquité
Capable de remplir sa curiosité.
L'étude offre à ses yeux l'agréable avantage
De connoître son siécle & les mœurs de son âge.
Les illustres travaux de tant d'esprits fameux,
Qui percent de la nuit le cahos ténébreux,
Et volent sur les pas de la gloire immortelle,
Jettent dans son esprit une clarté nouvelle.
Il voit diminuer l'épaisse obscurité
Qui cachoit aux Anciens l'auguste Vérité,
Et foulant à ses pieds la servile Ignorance,
Il éleve son vole avec plus d'assûrance.

Tranquille spectateur de ce vaste Univers,
Il voyage à son gré sur la Terre & les Mers.
Quelle carrière immense à son ame attentive
Offre de tant d'objets l'heureuse perspective !
Quelle variété ! chaque Peuple a ses mœurs,
Ses usages, ses loix, son esprit, ses humeurs.
Il parcourt, il voit tout. Tantôt son ame errante
Sur les bords argentés de la Seine charmante,
Admire avec plaisir dans le fameux Paris
Le François pétillant dans la joie & les ris,
Au milieu des plaisirs exerçant sa saillie,

Et regnant par les Arts , le Luxe & la Folie.
Tantôt rapidement porté sur des vaisseaux,
Vers ce pays superbe environné des flots,
Il voit l'Anglois altier, le rival de la France,
Exerçant sur les mers la suprême puissance,
Sur son front ennemi de l'enjoûment François,
D'un air sombre & rêveur portant toujours les traits,
Et dans le calme heureux de sa mélancolie ,
Perçant le voile obscur de la Philosophie.
Là , le grave Espagnol étale sa fierté;
Ici le Germain plaît par sa simplicité.
Le souple Italien est fameux par l'adresse ,
La musique , le chant , l'amour & la mollesse.
Et le brave Suédois , & le riche Persan,
Et le Peuple orgueilleux qui porte le turban,
Et le Nègre brûlé dans les climats d'Afrique ,
Et le doux Habitant de la vaste Amérique,
Tous les Peuples enfin qu'enferme l'Univers,
Leurs villes , leur pouvoir , leurs Monarques divers,
Au Mortel studieux , dans son heureux asyle ,
Présentent un spectacle aussi charmant qu'utile.
C'est ainsi qu'il franchit les âges & les tems,
Et semble parcourir les lieux les plus distans.
Jusqu'aux premiers mortels son être étend sa vie;
Habitant tous les lieux, le monde est sa patrie.
Les Sages de tout âge avec lui réunis,
Sont ses contemporains , ses guides , ses amis.
Le passé , le présent , tout l'Univers ensemble,
Comme dans un miroir devant lui se rassemble.

Mais le mortel heureux, dont l'esprit cultivé
Dans un champ trop étroit ne s'est point captivé ;
A ces objets aisés ne fixe pas ses veilles ;
Il va nous présenter de plus hautes merveilles.

Du terrestre séjour contemplant de ses yeux
Ces flambeaux éclatans qui roulent dans les Cieux,
Emu, surpris, frappé de leur noble harmonie,
Il veut les asservir aux loix de son génie,
Et sans trop redouter leur immense hauteur,
Il prétend devenir leur hardi scrutateur.
Plein d'un si beau projet, d'une course assûrée,
Son esprit le transporte à la voûte azurée,
Et bientôt son essor, son vol audacieux
L'éleve, le ravit jusqu'au plus haut des Cieux.
Loin des foibles Mortels qui rampent sur la terre,
Il visite, il parcourt l'empire du tonnerre.
L'horrible bruit causé par les vents en fureur,
Et qui répand par-tout le trouble & la terreur,
La vapeur épandue en la nue effrayante,
L'éclair le devançant dans sa marche bruyante
Etalent devant lui leurs combats furieux,
Et viennent tous subir son joug impérieux.
Devant son tribunal comme une Reine altiére,
Sa raison voit, saisit, discute leur matiere,
Leur mélange frappant, leur choc tumultueux,
Le coup, l'éclair, la foudre & leurs effets affreux :
Ensuite s'élançant de ce séjour funeste,

Son vôl hardi l'élève à la sphere céleste.
Quelle surprise alors & quel raviffement
En voyant les beautés du vaste Firmament,
Ces astres éclatans d'une lumiere pure,
Qui fond & se répand sur toute la nature,
Le cours majestueux, les sublimes accords,
Et le nombre infini de ces superbes corps !
Tel que le spectateur, qui dans un beau parterre,
Où la Nature & l'Art de tout ce qui peut plaire
Ont offert à l'envi les objets curieux,
Pour la premiere fois laisse égarer ses yeux;
Il contemple, il admire, avide de connoître.
Il voit là tour-à-tour paffer & reparoître
Les globes dans les Cieux femés de toutes parts,
Ici, regne la Lune, & là, fe trouve Mars.
Plus loin brille Vénus. En cet espace habile
L'énorme Jupiter parcourant son orbite.
Saturne environné d'un anneau radieux
Touche presqu'en son cours la demeure des Dieux.
Enfin plus haut encor des millions d'étoiles;
De la nuit ténébreuse embelliffent les voiles.
De Descarte & Newton ces mortels demi-Dieux,
Il découvre la trace empreinte dans les Cieux.
Il vole sur leurs pas dans l'espace du vide,
Et de ces corps brillans suit la courfe rapide.
Il ose en pénétrer le principe moteur,
Examiner leurs loix, leur maffe, leur hauteur;
Cet ordre fi conftant, ce parfait équilibre,
Qui fagement leur ôte un mouvement trop libre.

De leurs cours différens il voit tous les rapports ;
Calcule leur vîteffe, explique leurs refforts,
Ce méchanifme heureux, ce mutuel empire,
Qui fait que tour-à-tour l'un & l'autre s'attire,
Se chaffe, fe retient, s'évite, fe pourfuit,
D'un côté fe rapproche & de l'autre s'enfuit,
Empêche par fa force, affignant leurs limites,
Qu'ils ne puiffent fortir de leurs routes prefcrites,
Et leur fait parcourir, fans fe nuire en leurs rangs,
Autour de leur foyer des cercles différens.

L'éclat vif & brillant de ces corps planétaires,
Qui trompe les regards ignorans & vulgaires,
Les confondant toujours avec les autres feux,
Dès qu'il les voit de près difparoît à fes yeux ;
Ce n'eft plus qu'une obfcure & folide matiere,
Qui d'un feu véritable emprunte fa lumiere.

Mais le Roi des faifons, parmi tous ces grands corps,
Attire fes regards, ranime fes effors.
Vers fon brûlant féjour, comme un aigle intrépide,
Il dirige auffitôt fon vol prompt & rapide.
D'un courage hardi par la gloire animé,
Il part, monte & s'élance en fon fein enflammé.
Errant feul librement fur cette maffe énorme,
Il en approfondit la matiere & la forme,
Et fe trouvant alors centre de l'Univers,
Mefure fa diftance à chaque aftre divers,
Examine à loifir ces vifs rayons de flamme,

Ces feux de la nature , & l'aliment de l'ame ,
Qui sans diminuer de leur vive splendeur ,
Sont toujours élancés avec la même ardeur.
Son génie inventif à son gré les maîtrise ,
Les attire en un point , les unit , les divise ,
Par le secours d'un verre augmente leurs chaleurs ,
Et les décomposant distingue les couleurs.
Il soumet au compas son étendue immense ,
Et sa puissante main le pèse en la balance.
Du fruit de ses efforts lui-même il est surpris.
Un saint ravissement transporte ses esprits.
A s'élever plus haut son ame encore aspire ,
Et des célestes feux quittant le vaste empire ,
S'élance dans son vol jusqu'au trône immortel ,
Où rayonnant d'éclat , réside l'Eternel.

Oui, grand Dieu ! l'Univers annonce ta puissance,
C'est le vaste tableau de ta magnificence.
L'homme en considérant ces chefs-d'œuvres desCieux,
Fabriqués de la main pour étonner ses yeux ,
Insensible & glacé, pourroit-il méconnoître
A leur brillant aspect l'Auteur qui les fit naître ?
Verroit-il l'ordre sûr & l'immuable cours
Des sphères , des saisons & des nuits & des jours,
Sans chérir ta bonté , sans louer ta sagesse,
Qui donnent aux humains les biens avec largesse,
Et seroit-il assez esclave de ses sens,
Pour refuser toujours à son Dieu son encens ?

Mortels reconnoiffez cet heureux avantage.
En formant le Savant, l'étude fait le Sage ;
De la vertu fans peine il fuit les doux attraits,
Et du vice impuiffant repouffe tous les traits.
Contre la folle erreur fa raifon affurée.
Par la fageffe même eft toujours éclairée,
Il ménage fon tems, regle fes actions,
Humanife fes mœurs, dompte fes paffions,
Devient homme fenfible, ami tendre & fidele,
Utile Citoyen ; fage & parfait modele.
Loin des remords cruels & des fombres chagrins,
Sa confcience eft pure & fes jours font fereins.
Au milieu des fureurs dont le monde eft la proie,
Il fait goûter toujours une paifible joie.
Les grandes paffions qui troublent l'Univers,
Les haînes, les débats de tant de cœurs pervers,
Des lâches courtifans la baffe jaloufie,
Des tyrans odieux la noire frénéfie,
Ne verfent point fur lui leur poifon détefté.
Il eft libre & content : Voilà fa fûreté.
Pour la richeffe vaine il n'a qu'indifférence,
Cette idole trompeufe, & pourtant qu'on encenfe,
La Fortune jamais, dans fon brillant féjour,
Ne le voit accourir pour lui faire fa cour.
Sa trompeufe faveur ou fa rage impuiffante
Ne peuvent émouvoir fon ame indépendante.
Il voit, fans s'altérer, le bonheur, le revers,
Tel qu'un roc immobile au vafte fein des mers.

Roi de ſes paſſions , & maître de lui-même ;
Fidele adorateur de la grandeur ſuprême ,
Exempt de vains deſirs, ſoumis aux loix du Sort,
Il voit d'un œil égal & la vie & la mort.

F I N.

Lu & approuvé , ce 25 Février 1778 , DE SAUVIGNY.

Vû l'Approbation , permis d'imprimer le 27 Février 1778 ,
                                        LE NOIR.